KB089073

블러드
레인!

블러드 레인!

4

민 글 **백승훈** 그림

써니의 대표가
윤 부장인 줄은 몰랐습니다.

부장은 동해에 있을 때의 명칭이고
지금은 엄연히 대표입니다만.

이거 원. 시작부터 왜 이렇게
탁탁 쳐내는 겁니까? 난 옛 사람 만나서
반가운데 윤 부… 아니, 윤 대표께선
그렇지 않은 것 같고…

그전에 한 가지
확인해봅시다.

?

지금은 내 기반이 초라하지만
다시 동해를 세우고 싶은데
함께하시겠습니까?

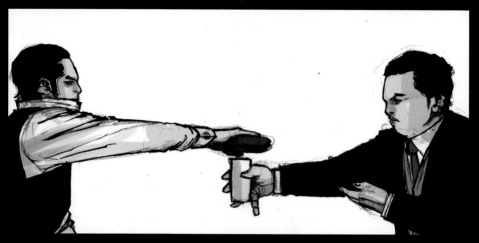

대답은 이걸로 하죠.

...

하루다를 건드릴 규모도
안 되는 것 같은데 굳이
건드려서 뭘 하시게요?

윤해만과
이야기를 마친다 해도
어차피 하루다의 허락을
받아야 할 것 아닌가?

이사님?

나는 윤해만과 상대하고
하루다가 결정 내리길 기다려야
하는 모양새다.

규모가 작든 크든 대표는
대표끼리 만나야 하는 것.
하루다가 보낸 심부름꾼과
시간 낭비할 생각은 없다.

거기다 윤해만은 내게
적대감을 보이고 있으니 신사적으로
대접할 필요 역시 없어.

하루다와 직접
이야기하겠습니다.

예?

윤 대표님은 제 눈에는
부장으로 보여서
저랑 급이 안 맞는군요.

현재 이사님의 위치가 하루다와
동급이라고 생각하십니까?

아니라면 어디
밟아보시든지요.

윤해만 전화입니다.

표정 어때?
웃으면서 전화 받는 게
아직 어색해.

좋으십니다.

하이. 윤상! 그래,
김민규는 만나봤습니까?

아… 그래요?

스르륵

13

안색이 좋지 않으십니다.

내 눈에 보이지도 않게
밑바닥에 있는 놈이 나를 보자고 한다면
그걸 응해야 하나 말아야 하나?

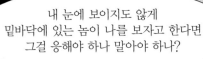

전 결정에 따를 뿐
어떤 의견도 없습니다.

자네 생각은 어때?

전시효과를 노린
요구입니다.

15

아마 눈이 뒤집어질 겁니다.
촌놈 깜짝 놀래줘보시지요.
무료한 인생에 그런 이벤트도
재미니까요.

좋아. 만나보지.

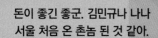

이거 김민규 씨가
아주 성격이 급하시구만.
원래 같이 밥 먹으면서 우정도 쌓고
그러는 것 아니겠습니까?

바쁜 세상인데 쌓았다 치죠.

우정의 증표로
라인이 좋겠습니다.

라인?

내 입으로 떠들기는 창피하니 말씀 좀 하지그래요?

흠. 대표님. 김민규는…

…

수백억을 손안에서 가지고 놀던 사람입니다.

협상은 없다고 했는데
쓸데없는 소리 하는 걸 보니
더 들을 이야기가 없군요.
일어나지.

예.

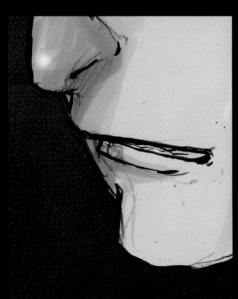

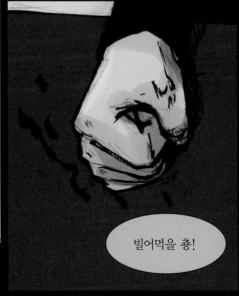

빌어먹을 총!

죽여도 좋다.

끄아아악!

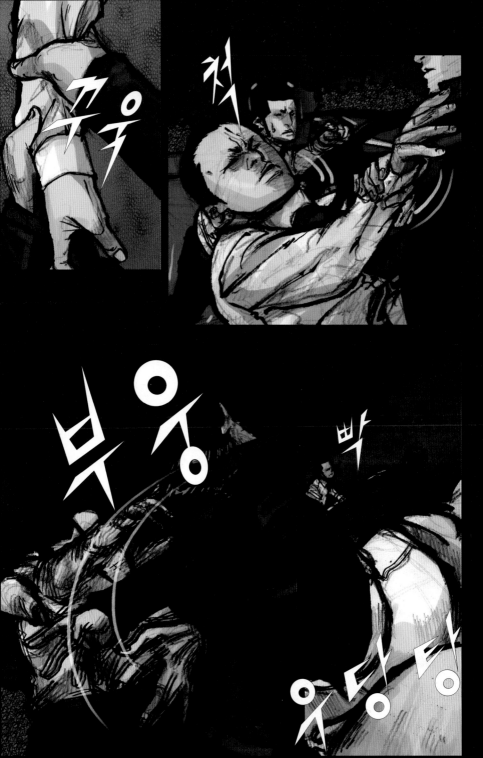

생각보다 강한 녀석이군.
나를 엄호해라.

예!

날뛰는 건 잘 봤다.
이제 끝내주마.

계속 제가 해요?
애 분위기 엄청 잡는 거 보니
강한가 봐요.

그런가? 다칠 것 같아?

일대일이면 신경 안 쓰겠는데
옆에 파리 하나가 붙어 있어서.

?

뭐야? 방금 동작은?

이제 됐지?

그럼요.

팟

가자.

괜히 도와줬잖아.

힘쓴 게 아까워요?

라인과 써니의 지분 거래를 성사시키시오.
이건 굳이 내가 만나지 않아도 되겠지?

예. 그럼 제가 김민규를
만나보겠습니다.

라인을 넘기고
언제 되찾아 오는 게 좋을까?

라인은 본래 서양을 이끄는 두현의 것.
김민규가 두현에 월세를 낼 리가 없습니다.
라인을 넘긴 한 달 후 어떤 형태로든
두현과 김민규는 충돌합니다.

두현이 직접 충돌하지는 않을 거야.
하지만 우리가 움직일 명분은 주겠지.
애초에 한국에서 우리가 전쟁을 일으키는 걸
허락하지 않았으니까 말이야.

오늘은 20대 남자 조연배우로
각광받고 있는 이동재 씨 모시고
이야기를 나눠보겠습니다.

이미 천만 영화 다섯 편에 출연하면서
최고의 조연배우로 떠오르고 있는데요.

안녕하세요?
2살 연상인 여자친구와
내년에 결혼한다는 소식을 들었는데요.
사실인가요?

어머. 이동재 결혼해?
아직 결혼하기엔 젊지 않아?

여자가 내년에
서른일걸요?

예. 사실입니다.
제가 대학교 신입생 때 여자친구는
커피숍에서 알바를 하고 있었는데
하필 그 커피숍에서 제가
친구한테 맞았거든요.

요즘 여자 나이 서른이면
아무것도 아니지 뭐.

그런데 그걸 보고 오히려
저한테 모성애를 느꼈다고
하더라고요.

그 후로 꼭 아들 돌보듯 절 이끌어줘서
제가 이 자리까지 올 수 있었습니다.

이번에 소속사를
옮긴다고 들었어요.

죄송하지만 모두
나가주시겠습니까?
대련 시간이라서.

예. 써니엔터테인먼트에서
좋은 조건을 제시해주셔서
옮기게 되었어요.

최근 프라이데이걸 멤버
지니의 마약 문제로 내려갔던 써니의 주가가
이동재 씨의 영입으로 다시 반등하고 있다고 해요.
그 정도로 현재 충무로 최고의 배우로
자리매김하고 있는데 기분이 어떤가요?

하하. 모든 건 팬들 덕분이죠. 그리고 여자친구 덕입니다.

왜? 이동재 좋아해?
설마 취향이 그쪽이야?

...

무슨 일로 오셨습니까?

라인을 김민규에게
넘기게 되었습니다.

그래요? 부당한 방법으로
넘기는 거라면 보호해드리지요.

아닙니다. 거래 자체는 부당하지 않습니다.
서양과의 관계는 그대로 계약 이전할 테니까
문제는 없을 겁니다.

그럼 무슨 일로?

만약 김민규가 이전한 계약을 실행하지 않을 시 다시 라인을 저에게 주셨으면 합니다.

김민규가 수익 20%를 서양에 납부하지 않으면 도로 찾아가겠다는 말 같은데 그런 상황이면 전쟁 아닙니까?

예. 전쟁을 허락해주십시오. 경찰에 걸리지 않고 단숨에 끝장내겠습니다. 물론 서양에 피해도 없도록 하겠습니다.

이러는 이유가 뭡니까?

흠…

하루다의 위세가 생각보다 큽니다.
지금은 우리에게 숙이고 있지만
곧 써니 투자를 빌미로 야쿠자 자본이
대거 유입되면 돈 싸움에서
우리가 불리합니다.

또한 다카하시 히데오가
한국으로 올 준비를 하고 있다고 합니다.
가와토미구미에서 최고의 주먹으로
꼽히는 자입니다.

그건 아마 한 달 후 김민규를 잡기
위한 하루다의 포석일 겁니다.

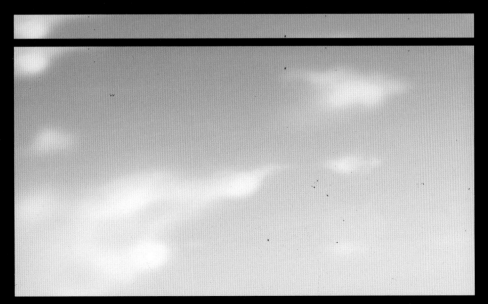

다카하시 히데오

마리짱!

대표님이 기다리고
계십니다.

철컥

…

마리짱.
오랜만에 만났는데
안 반가운가 봐?

난 마리짱 보러 왔는데.

저를 왜요? 그리고 짱이라고 호칭 안 하셨으면 합니다.

그래도 우리 1년이나 사귄 사이 아니야? 머리는 왜 잘랐어? 긴 머리가 보기 좋았는데? 빨간색으로 염색한 긴 머리. 빨간색 머리 진짜 잘 어울렸는데. 나도 빨간 머리잖아.

옛날이야기입니다.

아직도 헤어지잔 말 이해를 못 하겠다니까? 난 여전히 진행 중이라고. 혼자서 정리하고 헤어지자는 게 어디 있어?

우회전입니다.

다카하시상.

왜… 왜 그래?
그런 표정은 싫다고.

당신이 상대할 사람은
한국에서 가장 강했던 사람입니다.
조금 긴장하세요.

그러니까 뽀뽀 한 번만.

한국에서
가장 강했던 사람?

…

조금만 기다려.
라인에서 돈이 나와야
브로커를 만나고
일을 추진할 수 있으니까.

라인으로 거처 안 옮깁니까?

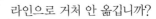

뭐하러?
한 사장이 가 있는데.

언제까지 이 낡은 건물에
처박혀 있을 거예요?

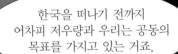

한국을 떠나기 전까지
어차피 저우량과 우리는 공동의
목표를 가지고 있는 거죠.

라인이 무너지길
저우량 역시 원치 않을 겁니다.

...

그럼 이곳이든 라인이든
저우량을 배치하여 활용해야 합니다.
저우량과 이사님이 각각 구역을
나눠 맡는다면 방어가 될 테니까요.

고민하실 것 없습니다.
필요에 의한 동맹일 뿐이니까.
또 동맹을 맺어야 한 달 후 이사님이
예측하는 두현과의 한바탕 승부에서
밀리지 않을 테니까요.

역시 내가 사람을 잘 보았어.

이 정도 판세를 읽는
눈을 가진 녀석과 함께라면
동해 재건이 꿈은 아닐 것이다.

악! 진짜로
급소를 때리면 어떡해?
사랑하는 사람을!

누가 사랑한다는 거야?

내가 너를. 몰라?
내가 널 사랑한다니까?

제대로 말해봐.

사랑해.

...

사랑해. 와, 벌써 두 번이나 했다.

멍청이.

내가 좋아하는
캐릭터인데요?

말하자면 이자를 중심으로
과거 동해 잔당들이 똘똘
뭉쳐 있다는 뜻이지.

이런 조사는
어떻게 하셨습니까?

우리를 도와주는 한국인이 있는데
그자가 과거 김민규의 부하야.

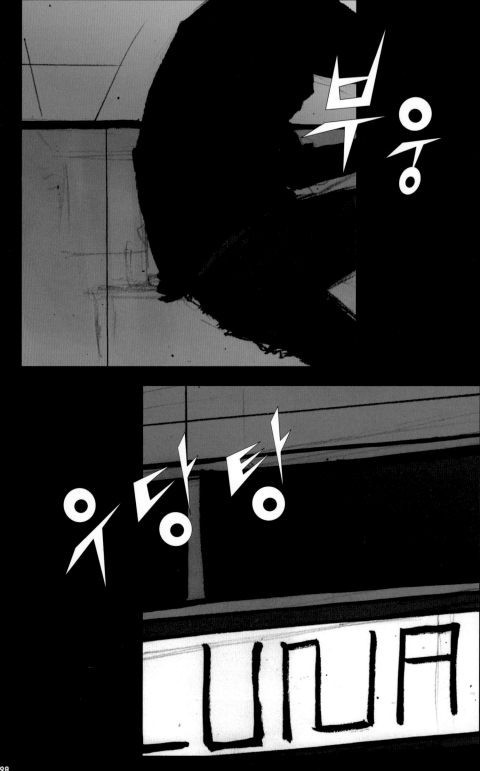

…

유치하네.

너보다 어렸을 때 꿨던 꿈이야, 인마.
어렸을 때나 패기 부려보는 거지.

그래서 꿈을 이뤘어요?

후우…. 생각하니
가슴이 아프다. 노코멘트.

뭐야?

최고의 자리에 올라보고 싶었어.
남자라면 내가 가는 길의 최고가
되고 싶은 건 당연한 거잖아.

이룰 것 같습니까?

두현만 넘긴다면
가능할 거야.

규모에서
차이가 크잖아요?

어차피 그쪽도
전면전은 못 해.
단번에 승부를 거는 방향으로
만들어나가야지.

근데…

응?

왜 우리가
루나에 남은 겁니까?
라인이 훨씬 좋은데.

금 과장.

예.

같이 높은 곳으로 올라가자.

예?

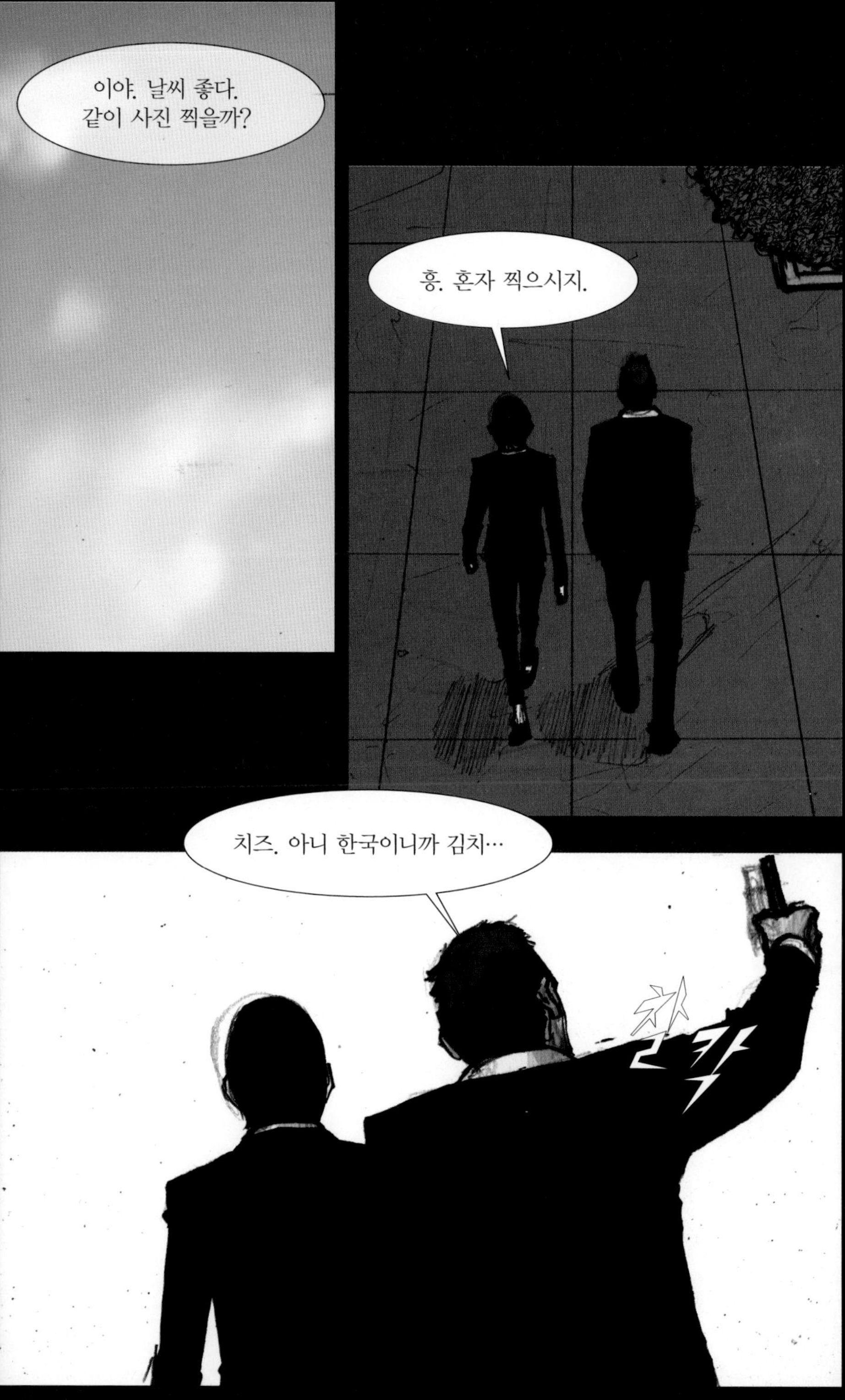
이야. 날씨 좋다.
같이 사진 찍을까?
흥. 혼자 찍으시지.
치즈. 아니 한국이니까 김치…
찰칵

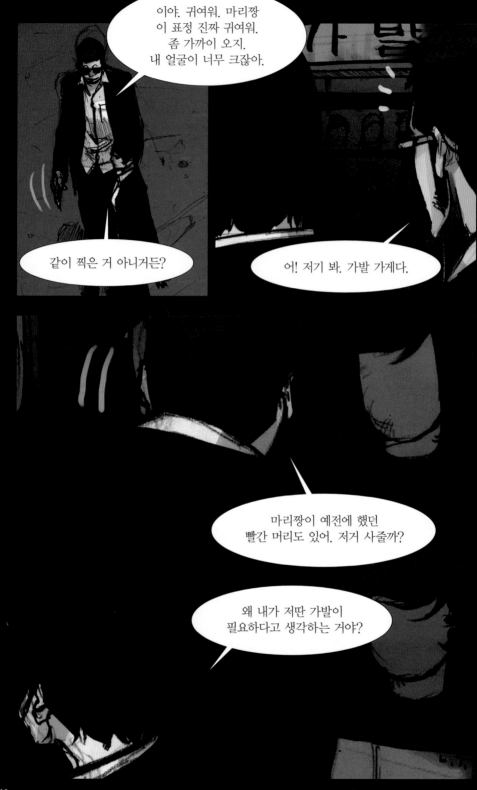

후우… 후우…

잘했다. 앉아봐라.

이젠 제법 나를 지치게 하네?
성과가 좋아.

네가 가진 모든 것은
목숨을 건 실전에서 터져 나올 거다.
그런 경험을 한 번은 해야 할 텐데
쉽게 할 수 있는 경험은 아니지.

이거 칭찬인가요?
아직 못 이겼는데?

그것보다 너한테
궁금한 게 있다.

예.

뭐랄까?
족쇄를 안고 있다는 느낌?

족쇄…?

처음엔 네가 한참 아래라고 생각했다.
그런데 한 달간 키워보니 그 생각은 틀렸다 싶어.
가끔 꽤 비범한 동작이 나오는데 그건 본래 실력이
아니라면 나올 수 없는 동작들이었거든.

그런데 그게 폭발하지를 않아.
마치 스스로 멈춰버리는 것 같은
부자연스러운 게 있었어.

…

뭐 그게 실력이죠.

글쎄. 내가 느낀 건
좀 달라서 말이야.

…

가끔 네 주먹이
적중될 때가 있을 텐데 거기에 속으면 안 된다.
수가 많은 인간이기 때문에 쉽게 공격하기보다
거리를 빌리고 천천히 밸런스를 뺏는 방향으로
전략을 세워. 초반 장동욱의 페이스에 말려
난타전으로 가면 이길 수 없다. 장기전을 기본으로 해서
내 페이스로 흐름을 가져와야 해.

맹수현. 빠르고 부드럽다.
상대방의 밸런스를 쉽게 빼앗아 역이용한다.
너같이 싸움이 딱딱한 녀석에게는
천적이 될 수도 있어. 넌 씨름을 할 줄 아니까
맹수현이 네 중심을 무너뜨리려 할 때
씨름 기술로 되치기를 한다면 효과가 있을 거다.

하종화. 가장 피해야 할 인물이다.
이자는 건국 이래 가장 뛰어난
칼잡이로 추앙받고 있다.
사람을 죽이지 않는다는 철칙 때문에
스스로 자기 실력을 모두
드러내지 않고 있지만
그럼에도 전국에서 손꼽히는
실력을 보여주는 자다.

하종화는 적을 만나면
죽이는 대신 치명상을 입혀
이 세계를 떠나게 만든다.

공격보단
수비 위주로 전략을 세워
상대해.

물론 가급적이면
칼 든 놈과의 싸움은
피하는 게 좋다.

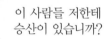

이 사람들 저한테
승산이 있습니까?

지금은 아니야.
하지만 이들과 싸워야
네가 가지고 있는 게 터져 나올 거다.
살고 싶어질 테니까.

만약 터뜨리지 못한다면
네 한계가 거기까지라는 뜻이니
서둘러 도망쳐서 후일을 기약해라.

123

카하.
유리 씨 된장국 최고죠.
가자.

나 다른 것도 잘하는데.

아… 그게
그런 뜻이 아니라…

그렇습니까? 하하하.

풉. 가끔 귀엽다니까요?
그냥 한 말이에요.

역시 먹이 피라미드의
최정점은 여자였어.

서양에서 허가가 떨어졌는데
어디부터 치는 게 좋겠소? 윤상.

김민규의 성격이라면
외부부터 다지는 스타일입니다.
그러니 차라리 내부를 곧바로 찌르는 것도
한 방법입니다. 라인이 좋겠습니다.

그냥 동시에 둘 다 치고 들어가죠.
라인과 인천.

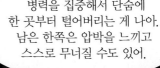

병력을 집중해서 단숨에
한 곳부터 털어버리는 게 나아.
남은 한쪽은 압박을 느끼고
스스로 무너질 수도 있어.

그럼 김민규와 저우량 중에
선택해야겠군요.

흠… 김민규는 명성만 들었지만
저우량은 내가 실력을 알지.

히로! 먼저 라인부터 친다.
준비시켜.

분위기가 어째…?

드디어 네가
나설 차례야.

나서면 뭐 해줄 건데?
뽀…

다카하시상.

흠… 좋아.
그럼 빨간 가발을 써줘.

아… 좀 그렇게
부르지 말라니까.
한 달이 지났는데
아직도 그래?

뭘 원하는 건데?

뽀…

그거 말고.

너 변태야?
가발 페티쉬 그런 거야?

아앗. 들킨 건가?

멍청이. 너랑
이야기하는 내가 바보지.

늦었습니다.

영업 안 합니까?

한 달에 두 번은
휴업이지.

그랬었나?
밖에 서 있는 거 보니
분위기 살벌하던데요?

다카하시. 오늘 라인을
공격하려 하는데 자네 컨디션 어때?

컨디션?

언제나 풀입니다.

자네가
상대해야 할 인물은
저우량.

에? 김민규가 아니네?
그런 앤 히로상 시켜요.
난 김민규랑 싸우러 왔다고요.

난 진린을 맡을 거다.

카지노에서 자금을 돌리던 적풍회원이야.
저우량과 함께 라인에 기거한다는 소식이다.

근데 저우량이 누굽니까?

최상급 실력으로 알고 있다.
히로와는 승부가 오래갈 것 같아서
네 녀석을 붙이는 것이다.

적풍회 서울지부 2인자.

에? 그럼 저도 쉽지 않다고요.
히로상이 오래 걸리면
나도 오래 걸리지 뭐.

열도에서
다섯 손가락에 꼽히는
자네에게 저우량은 걸림돌조차
되지 못할 테니.

겸손할 필요 없어.

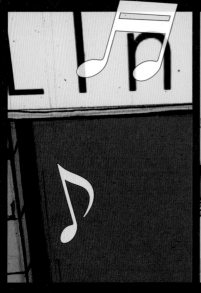

빨리 고향에 가고 싶어.

고향? 도착하는 즉시 공안이 체포할 텐데? 우린 두 번 다시 못 가.

후훗. 어디로 갈 거야?

뉴질랜드. 새로운 삶을 정착하기엔 땅 넓고 사람 적은 곳이 좋지 않을까? 넌?

일본?

일본엔 왜?

왕리멍이 한국 경찰에 잡히고 얼마 후 히로가 국제변호사 데리고 면회 온 거 알아?

히로가 왜?

뭐야?

다다다다

다다다다

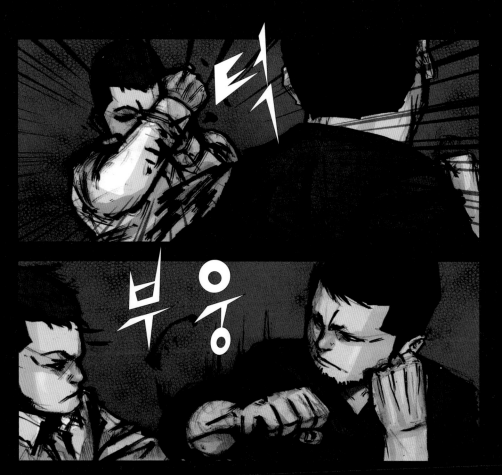

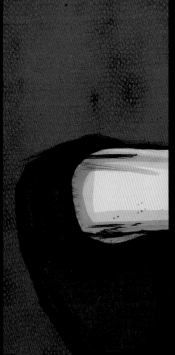

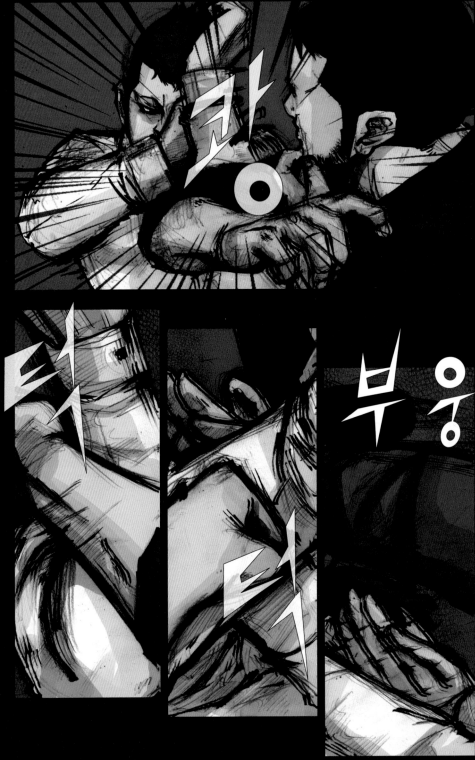

이크크크.

이놈 뭐지?
이런 실력자가 존재한다고?

깜짝이야.
주먹이 희한하게 나오잖아?

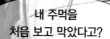

내 주먹을
처음 보고 막았다고?

뭐야? 왜 멈춰?
이제 다 보여준 거야?

이게 끝이라면
너 지금 죽는데?

손님이 라면 시켰는데
끓이는 김에 우리 것도 끓였다.

그런 걸 왜
이사님이 해요?

누가 하면 어때?

지지지

진동 아니에요?

응?

예.

끄아아악--

와장창-

이사님! 라인이
공격받고 있습니다!

형세는 어떻습니까?

저우량과 진린이
선두로 뛰어들었고
난전입니다.

만약 형세가 불리하다 싶으면
무리하지 말고 아이들 거둬서
물러나세요.

알겠습니다!

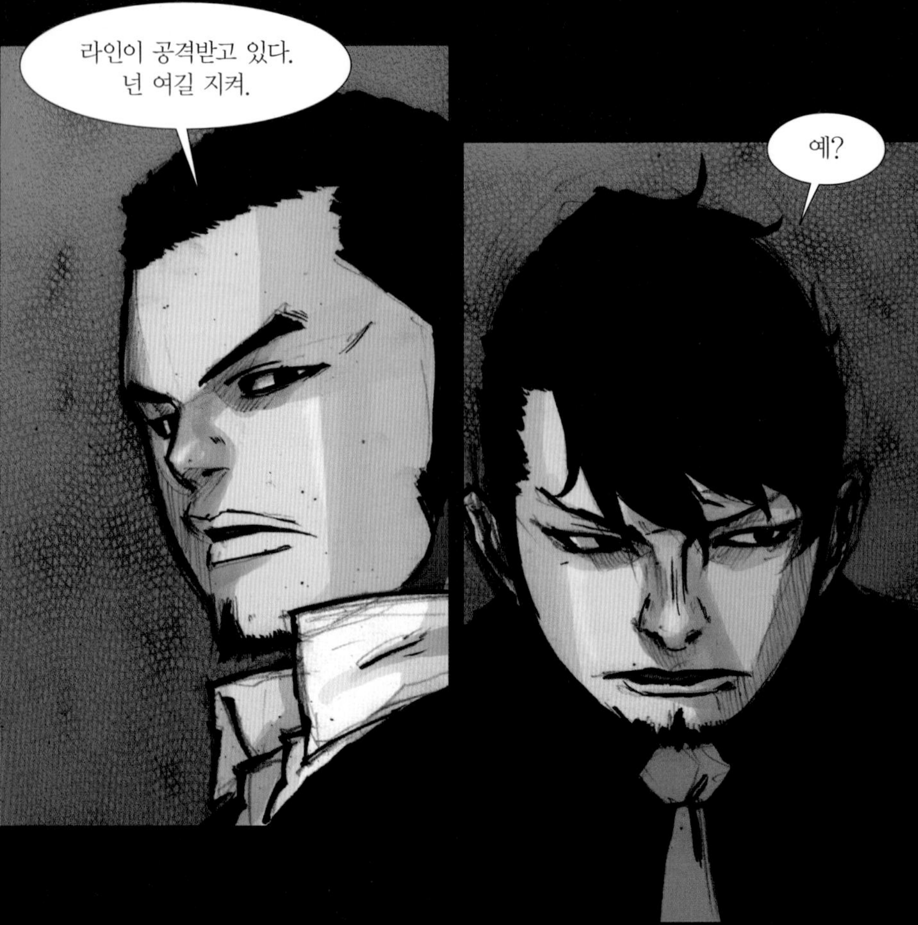
라인이 공격받고 있다.
넌 여길 지켜.
예?

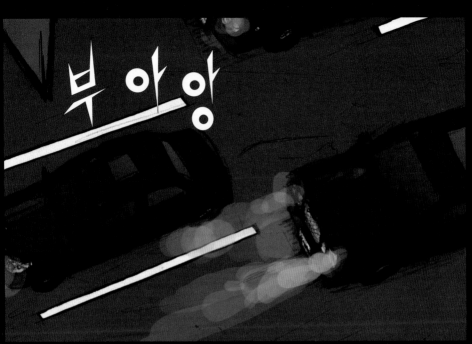

인천은 지금
안 치는 걸로 알았습니다만.

허를 찌른다고 생각해.

155

정상적인 사고라면 태연하게 루나에 앉아 있을 수 없지.

…!

김민규가 인천과 라인 어디에도 도착하지 못하고 길거리에 있는 사이 우린 양쪽을 모두 점령한다.

처음부터 생각하신 겁니까?

현 서양의 명예회장 이정우가 과거에 썼던 방법이야. 한쪽으로 싸움을 몰고 진짜 실리는 다른 곳에서 취한다.

띠리리리

띠리리리

여보세요? 어! 동생.
지금 족발에 소주 한잔 중이다.
올래?

라인이 공격받고 있답니다.

이런…

뭐?

동생 혼자 괜찮겠어?
내가 그리 갈까?

됐거든요?

이사님은 애들 몇 명 데리고
라인으로 갔고 다들
자기 구역 잘 지키랍니다.

아니야. 내가 갈게.
동생 보고 싶어서 그래.

거기 지키라니까요.

라인으로
밀고 들어왔으면 인천은 안 와.
그리고 설사 밀고 들어온다고 해도
우리끼리 뭉쳐 있어야지.
흩어져 있으면 더 위험해.

아… 몰라. 알아서 하쇼.

159

어서 오…

LUNA

벌써 왔어요?

차 타면 5분 거린데 뭘.
손님 좀 있어?

늘 뜸하죠, 뭐.
유리 씨 덕에 겨우 버티는 것 같아요.
그나마 지금은 있던 손님도 나가고.

아… 여기?

종류별로 다 사 왔습니다.
하하하.

이 집 맛있어. 불족발 있어요?
이 집은 불족발인데.

웃음소리하곤…

넌 왜 자꾸 틱틱대냐?

아닙니다. 라인에서
생고생하고 있을 건데
우리끼리 먹어도 되나 싶어서.

그러니까 먹어야지.
이게 최후의 만찬이야.
최후의 만찬.

163

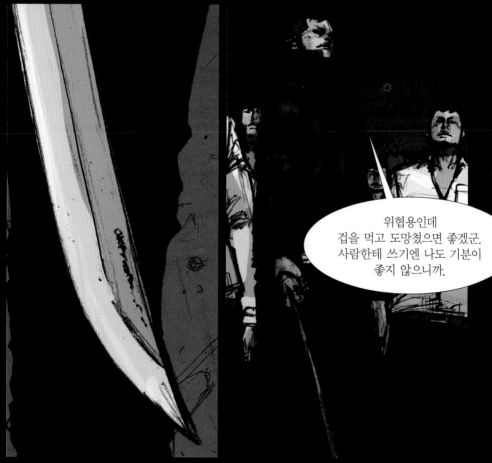

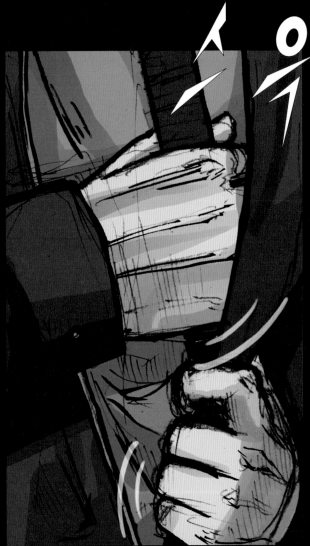

보여만 줄 때 가라.
죽는 수가 있다.

산수는 할 줄 알겠지?

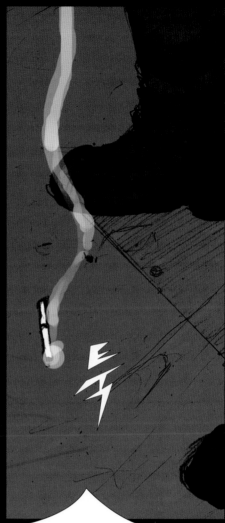

툭

그게 무슨 상관이야!

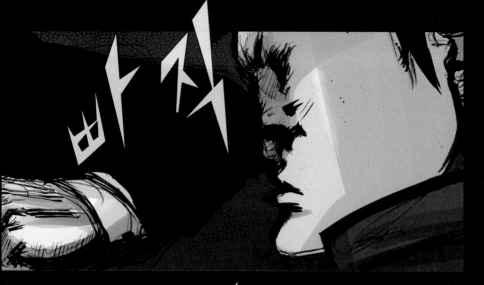

이게 전부냐고?

웃기는 소리!

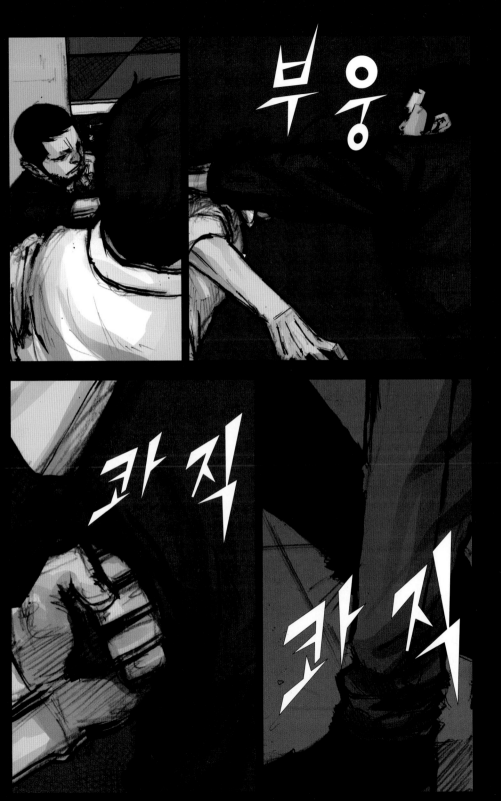

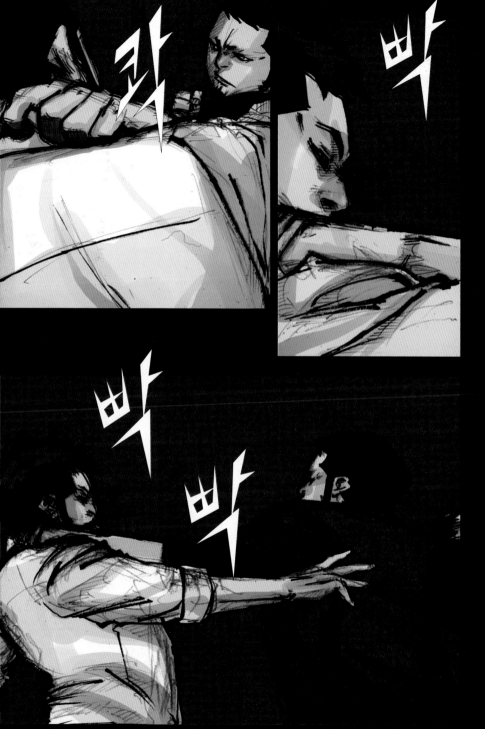

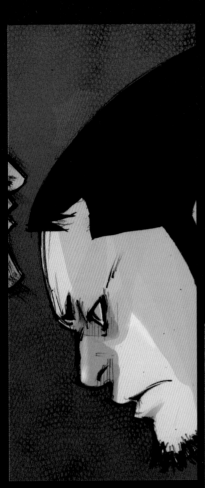

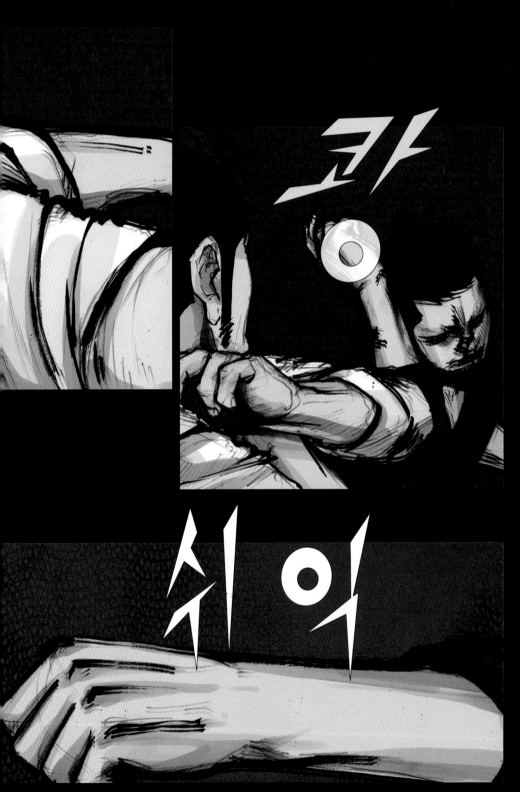

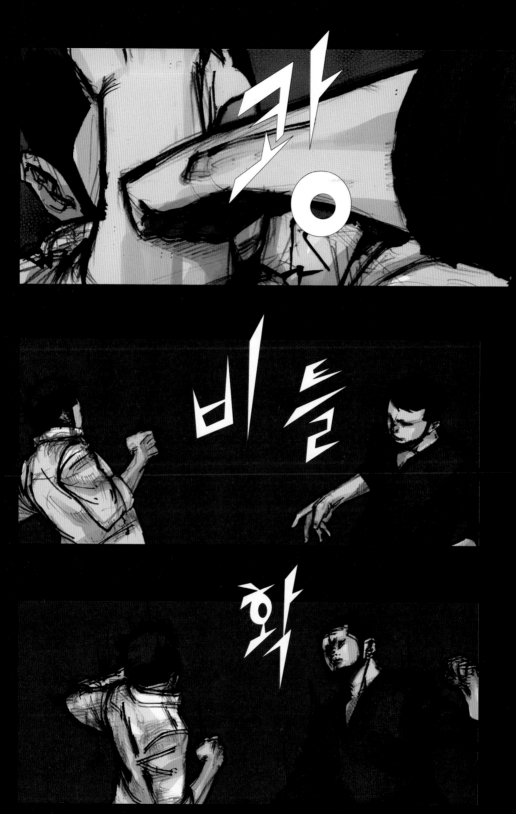

점점 이 녀석이 커지는 기분이다.

이사님은 어디 갔어요?

바빠서요.

꼬아아악!

무슨 소리야?

밑에서 나는 소리 같은데?

뭐야? 저것들?

모두 비상구 쪽으로 빠져나가요.
형님은 아가씨들 데리고 가요.
저것들은 내가 시간 끌었다가
합류할게요.

무슨 일이에요?

이런 미친놈.

마! 어느 형이 동생을 혼자 남겨놓고 가냐?
아가씨들은 네가 데리고 가.

그럼 같이 몸을 뺍시다.
칼도 들고 있는데.

칼?

무슨 일이야?

칼?

어? 이놈이 이사님과 대련 좀 하더니
나를 아주 똥으로 보고 있네?
건방 떨지 말고 빨리 피신해.
너희 피신할 때까지 시간 끌었다가
금방 합류할게.

고집하고는. 위험할 텐데?

진짜배기들은 다
라인에 가 있을 거 아냐?

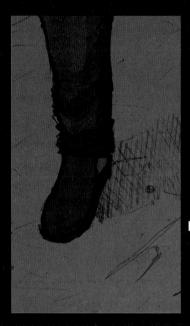

안 꺼져?

에? 여자애?

넌 누구냐?

큭. 코가…

다카하시 히데오.
오늘 네 목숨을 거둬 갈 저승사자지.

미친놈이!

빡

빡

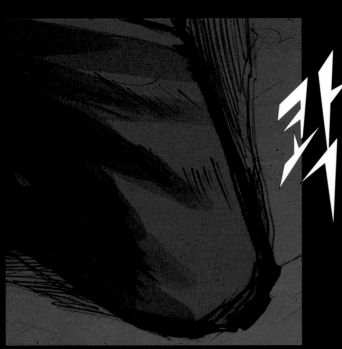

진린!

아직 고함칠 힘은 남았나 보구나.

213

왜 이렇게 느낌이 안 좋지?

제기랄 남자 존심에 이걸 어떡하지…

다앗!

뭐야? 무슨 일이야?

이 아가씨들 좀 맡아줄래?

무슨 일 있구나? 넌?

돌아가봐야겠다.
이 형님한테서 연락이 없네.

내가… 쉽게…
당할 줄… 알았지…?

이… 개자식이…

애애애앵

모든 게 제 불찰입니다.
저우량은 어떻게 되었습니까?

죄송합니다, 이사님.
막을 수 없었습니다.
도저히… 도저히… 크흐흐흑…

쓸모가 있다고 데려갔습니다.

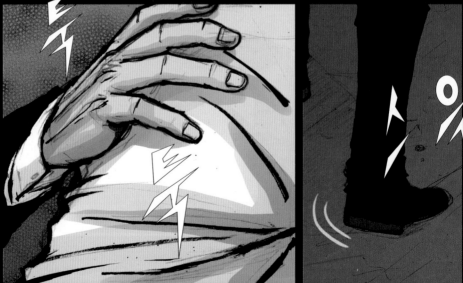

경찰에 신고하셨다고요?

순찰만 돌라고 했네. 자칫하다간
오늘 밤 안에 다 무너질 것 같아서 말이야.

LUNA

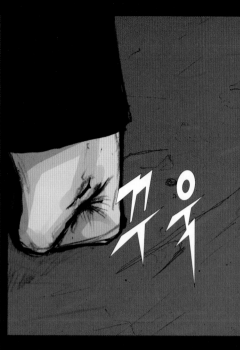

그래, 그럴 거라고 믿겠네.
어쨌든 상황이 바뀌었으니
사업의 방향을 조금 돌려볼까 해.

플랜 B입니까?

하루다는 다카하시를
필두로 해서 라인을 유린했어.
동시에 황일철을 제거하고
루나 역시 폐업 직전으로 몰고 간
상태라는 게 냉정하게 분석한
우리의 시각이야.

...

이것은 일방적 학살일 뿐이야.
하루다는 힘의 차이를 과시하며 김민규가
스스로 라인을 들어 바치길 기다릴 거야.
일본에서부터 사업을 확장할 때의
하루다의 성향이니까.

짓밟고 뺏어가는 거지만
겉으로 볼 때는 헌납 받는다는 그림이군요.
그 정도로 우리가 격차가 큽니까?

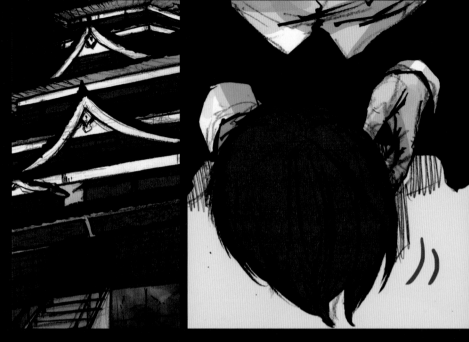

마리는 어디 있습니까? 헤헤.

…

모두에게 비밀로 하고 나와 마리는
인천을 치러 갔었다. 라인을 친다면
김민규가 서울로 지원을 갈 테고
그때 인천은 비어버릴 테니까.

예?

양동작전으로 모두
궤멸시키는 게 목적이었는데
경찰차가 순찰을 돌아 실패했다.

255

마리는… 어디에…?

죽었다.

그… 그게 무슨 말입니까?

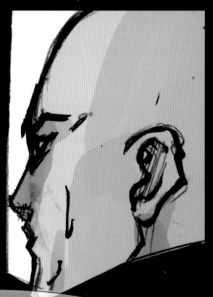

김민규는 라인에서 지원을 요청받고도 가지 않았다.
그렇게 겁쟁이인 줄은 몰랐는데 말이야.

…?

다카하시.
그자는 도망치려다 나에게 들켰고,
상황이 불리해지자 가장 약한 마리를 잡아서
인질극을 벌였네. 마리를 살리기 위해 놈의
퇴로를 열어주었네만 그자는 약속을 저버린 채
마리를 죽인 후 달아났지.

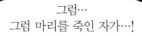

그럼…
그럼 마리를 죽인 자가…!

그래. 김민규다.

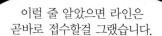

이럴 줄 알았으면 라인은
곧바로 접수할걸 그랬습니다.

아니야. 라인은 분명 서양의 것.
우리의 역할은 거기까지야. 서양이 결정해서
세입자를 바꿔주는 기분까지 뺏으면 안 돼.

하지만 사실 서양 역시 비위 맞춰주기가
가증스러워서요. 마치 우리 위에 있는 것처럼
건방이 커서 말입니다.

아직은 서양을
적으로 돌릴 때가 아니지.
어차피 내 수중으로
다 떨어지겠지만.

그런데 마리는…

마리에 대해서는
아무 말도 하지 않도록 하지.
부하들에게도 함구령을 내렸네.
그것이 마리에 대한 예의일 테니.

261

그럼 집에 가서
화기와 수갑을 챙기게.
들키지 않도록 잘 감추고.

뭣하다 싶으면
사업을 종료하고
몸을 빼면 돼.
그럼 곧바로 경찰 병력을
투입할 테니까.

하지만
이 타이밍이 너무 빠르면
하루다와 김민규 둘 중 한쪽은
놓치게 되네.

죽은 사람이 몇 명 있습니다.
이 사람들 그렇…게 나쁜… 사람들은…

… 아닙니다. 장례식만은…
정상적으로…

김민규입니다.

잠깐만. 됐어. 같이 듣지.

당했다니
무슨 소리야?

여기도 털렸습니다.
일철 형님도…

뭐?

죽었습니다.

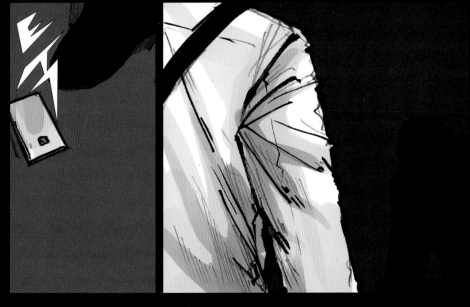

...

이사님?

내가… 무슨 짓을?
대체 무슨 짓을?

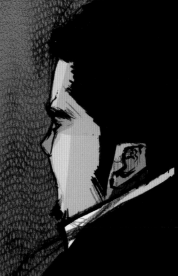

마리.

반드시 복수해주마. 김민규는
결코 나와 같은 하늘 아래에 살 수 없다.

그래요. 잠시 둘이서
이야기하고 싶습니다만.

이사님,
금 과장 왔습니다.

예.

문 닫아야겠지?
루나는?

달았습니다. 일철 형은 2층
사무실에 눕혀놨고 아가씨들은
마작회가 잠시 보호하기로 했습니다.
장례식은 어떻게 할 겁니까?

믿어지지가 않는군.
황일철이 죽다니. 눈으로 봐야
믿을 수 있을 것 같아.

좋은 데 가라고 장례식
치러줘야지.

이제 어떻게 할 겁니까?

병원에 가면 경찰 수사가
시작될 텐데요?
그럼 이사님도 노출됩니다.

노출? 그게 뭐?

내 몸 하나 건사하자고
망자들 외면할 수는 없다.
난 잡혀 들어가야지.
그게 맞아.

...

자식. 쫄았어? 넌 걱정할 거 없다.
정리되는 대로 한 사장이랑 같이 떠나.
처음부터 넌 여기에 없었던 거야.

손만 뻗으면
잡을 수 있을 것 같았는데.
거의 다 왔다고 생각했는데.

…

힘을 모아 하루다를 치죠.
아직 끝난 게 아니잖아요.
왜 약한 말씀을 하고 그래요?

혁아.

그때 거기선 사방에서 흩어진 피가 비처럼 내렸지.

5권에서 계속

블러드 레인 4

초판 1쇄 발행 2017년 4월 10일
초판 3쇄 발행 2021년 1월 20일

지은이 민 · 백승훈
펴낸이 김문식 최민석
기획편집 이수민 박예나 김소정 윤예솔 박연희
마케팅 임승규
디자인 손현주 배현정
편집디자인 투유엔터테인먼트 (김철)
제작 제이오

펴낸곳 (주)해피북스투유
출판등록 2016년 12월 12일 제2016-000343호
주소 서울시 성북구 종암로 63, 4층 402호 (종암동)
전화 02)336-1203
팩스 02)336-1209

ISBN 979-11-960128-4-7 (04810)
      979-11-960128-0-9 (세트)